CASSANDRE

ET

GILLES

AU MUSEUM.

CASSANDRE

ET

GILLES

AU MUSEUM,

Ou Critique, en Vaudevilles, de l'Exposition de 1810.

PARIS,

Chez AUBRY, Imprimeur-Libraire, au Palais de Justice, salle neuve des Marchands.

CASSANDRE
ET
GILLES
AU MUSÉUM.

CASSANDRE.

Eh bien, mon cher Gilles, sera-t-il dit que ce drôle d'Arlequin aura seul le plaisir de critiquer ; qu'à chaque exposition nouvelle, la place du Muséum sera remplie du bruit de son nom ; que lui seul enfin aura le droit de dire des facéties, bonnes ou mauvaises, sur des compositions agréables ou médiocres ?

GILLES.

Non certes, et depuis que par votre faible complaisauce il a obtenu la maiu de mademoiselle Cassandre, je sens que mes facultés se sont développées; j'étais amoureux alors et je n'étais qu'un sot, car l'amour n'attaque plus que les gens de cette espèce.

CASSANDRE;

Console-toi de cet échec, si tu n'es point mon gendre, tu es toujours mon ami.

GILLES.

Et dans cette occasion plus que jamais le rival d'Arlequin; ache-

minons-nous vers le sanctuaire des
arts.

Air : C'est le meilleur homme du monde.

Avec de l'esprit et du goût,
Un coup-d'œil qui jamais n'hésite,
Facilement l'on vient à bout
De briller d'un certain mérite;
J'ai ce qu'il faut, mon jugement
Prouve une science profonde:
Sur-tout je tranche hardiment.

CASSANDRE.

Tu fais donc comme tout le monde.

GILLES.

Sans doute, il faut bien se mettre
à la mode; mais vous ne prenez pas
garde que nous sommes près d'en-
trer dans la première salle de l'Exposition.

CASSANDRE.

Ah! Dieux! quelle quantité de tableaux! Il faut que cet art soit porté à une grande perfection pour que tant de peintres s'y adonnent.

GILLES.

Vous errez, beau père, la quantité ne fait rien à la chose, ne vous laissez point éblouir par le nombre, il ne donne aucun mérite, au contraire, il prouve quelquefois la décadence des arts. C'est lorsque chacun veut courtiser les Muses que l'on ne produit que des bleuettes : jamais la littérature ne fut plus pauvre, que depuis qu'une foule de gens, usurpant le titre d'auteurs, nous accablent de leurs faibles opus-

(9)

entes; Dieu nous préserve de suivre leurs traces !

CASSANDRE.

Par quelle production devons-nous commencer ?

GILLES.

N°. 188.

Je fixe ce tableau d'une si grande étendue. Que nous offre-t-il ?

CASSANDRE.

La Distribution des Aigles au Champ-de-Mars.

GILLES.

Imposons-nous silence ! c'est un tableau d'histoire, qui doit transmettre un fait mémorable à la pos-

térité. Le style en est noble et re-
levé, la manière grande et forte ;
le coloris a de la vigueur, les dra-
peries sont savamment ajustées.
Tout annonce une production in-
génieuse : et quand bien même les
grouppes ne se trouveraient point
entre eux en harmonie, quand les
attitudes seraient pénibles ou for-
cées, l'on reconnaîtrait dans les
beautés de détail sans nombre le
génie d'un homme nourri des prin-
cipes des grands maîtres, et fait
pour les égaler.

L'Empereur distribue les aigles à
l'armée. Ce témoignage de sa satis-
faction la pénètre, d'enthousiasme
pour le héros qui la guida dans ses
exploits.

Air : Il ne faut jurer de rien.

Toujours grand et magnanime,
Un Prince, émule de Mars,
Va fixer tous les hasards ;
L'offre de ces étendards
Fait preuve de son estime :
De ses soldats, ce vainqueur
Récompense la valeur,
Et la Victoire fidèle
Promet de combler leurs vœux :
Un brave guerrier, près d'elle
Est toujours amant heureux.

CASSANDRE.

N°. 347.

Une bataille de Gérard ; c'est celle d'Austerlitz, donnée le jour anniversaire du couronnement.

GILLES.

Ce tableau, également admirable

dans son ensemble et dans ses dé-
tails, est digne du pinceau d'un artiste consommé; les masses en sont
disposées avec art; la couleur s'ac-
corde parfaitement avec le ton rem-
bruni des nuages : la perspective est
bien ménagée. C'est une superbe
composition, d'un dessin pur et cor-
rect, d'une ressemblance frappante
dans chaque personnage. Le général
Rapp annonce à S. M. la déroute de
la garde Russe. L'Empereur reçoit
cette nouvelle avec un air de satis-
faction plein d'une dignité noble et
touchante ; les officiers généraux
la partagent ; cette sérénité qui
règne sur leur figure contraste parfaitement avec la consternation de
quelques prisonniers de distinction

qui paraissent à la gauche et sur le second plan.

Air : Lorsque Richelieu vous appelle.

Guidant un peuple de guerriers
Dont il fonda la renommée,
NAPOLÉON, à ses lauriers
Joint encore ceux de son armée.
Certain d'un triomphe éclatant,
Quand le dieu des combats l'éclaire,
Pour fêter son avénement
Il choisit cet aniversaire.

CASSANDRE.

N°. 577.

Air : Dansez, chantez, amusez-vous.

Mais quel est ce tableau charmant
D'une couleur vive et brillante ;
Quel est ce minois séduisant ?

GILLES.

Vénus qui pleure et se lamente.

CASSANDRE.

Tu fais bien de me l'expliquer ,
Je ne crains plus de me tromper.

GILLES.

Air : La plus belle promenade.

Pour Adonis la déesse
Fuyant la frivolité ,
Lui conservait sa tendresse ,
Prisant sur-tout sa beauté.
Pour nous donner le modèle
De la beauté du chasseur ,
Malgré la pâleur mortelle ,
On lui garda sa fraîcheur.

CASSANDRE.

Après cet Adonis mourant, examinons la belle Jeanne d'Arc qui
vient annoncer à Charles VII la

victoire de Patey. Tudieu quelle
luronne !

Air : Il m'en souviendra, larira.

C'est elle qui sauva l'honneur
    Du Prince de la France ;
Plus d'un guerrier plein de valeur
    Sut priser sa vaillance.

CASSANDRE.

Pour chasser messieurs les anglais ,
    Si l'aventure est telle ,
    L'on ne prendra jamais ,
        Désormais ,
Une gente pucelle.

GILLES.

Même air.

Les mœurs, mon cher, ont varié ,
    Maintenant sans scrupule ,
Un soldat près de la beauté
    Rarement capitule.

Et dans les bataillons français
S'il se trouve une belle,
Honneur à ses attraits
Désormais,
Elle n'est plus pucelle.

CASSANDRE.

No. 670.

Oh, oh! un géant veut assommer, avec une pierre, deux enfans qui cherchent à échapper à sa poursuite.

GILLES.

Vous ne voyez donc pas que les effets de la peinture naissent des oppositions. Ce géant c'est Polyphême, qui n'avait qu'un œil au milieu du front. Il aimait la nymphe Galatée, il avait dans Acis un rival redoutable malgré sa faiblesse; les deux

amans se réunissaient toujours,
mais Polyphême était toujours à
leur recherche.

Air : C'est à mon maître en l'art de plaire.

Par quelle odieuse manie
Un vieux barbon horrible à voir,
Près de nymphe aimable et jolie
Nourrissait-il un tendre espoir ?
Epris d'une jeune merveille
Il la poursuivait, en courroux ;
Argus avec cent yeux sommeille,
Mais un seul suffit au jaloux.

CASSANDRE.

Air : A la papa.

Et ce personnage là,
ui tient étendus ses bras
En échalas ;
Je plains son état,
Comme il est en colère !

GILLES.

Chut, restez-en là,
Et traitez le beau père
A la papa.
C'est, c'est un papa.

Air : De la pipe de tabac.

Près d'Acis et de Galatée
Tous ces visages de proscrits,
Nous offrent ce pauvre Thésée
Qui pour Phèdre maudit son fils.
De l'injustice de ce père
Hyppolite fut altéré :
Que manquait-il à sa misère ?

CASSANDRE.

C'est d'être ainsi défiguré.

GILLES:

Nº. 395.

Pendant que nous sommes à trai-
ter de la mythologie, j'apperçois un

tableau qui mérite de fixer notre attention; il est de Guérin : s'il soutient la réputation de son auteur, il doit avoir du mérite. Cet artiste s'est imposé, par ses ouvrages mêmes de grandes obligations.

Oreste vient demander à Pyrrhus le jeune Astianax ; Andromaque, dans une posture suppliante, se jette aux pieds du prince, et le conjure de lui laisser le seul bien qui lui reste et d'Hector et de Troie.

Air : A voyager passant sa vie.

Les larmes d'une tendre mère
Ont vaincu le cœur de Pyrrhus,
Des Grecs il brave la colère
Qu'il excita par ses refus.
Hermione au sort qui l'accable
Reproche son iniquité :

CASSANDRE.

C'est un trait tiré de la fable.

GILLES.

Que de force et de vérité!

N°. 730.

Passons à d'autres sujets; en voici un qui me paraît plus gracieux: Psyché et ses sœurs, où l'ame et ses passions. Une blonde divine entre deux brunes piquantes, dans un ajustement plus piquant encore. Qui diable irait s'imaginer que le peintre a voulu nous donner de la morale dans ce joli tableau ; c'est pourtant un fait certain, et l'on ne l'accusera pas, sans doute, de la présenter sous des couleurs trop austères,

Air : Pégase est un cheval qui porte.

L'innocence et la perfidie
Sont l'image de ces trois sœurs ;
L'une est douce, aimable et jolie,
Les autres pleines de noirceurs.
Du Destin, telle est la sentence,
Suivant d'autres impressions,
L'ame modèle d'innocence
Est le jouet des passions.

Nº. 396.

Nous en sommes sur cet article et je crois que nous allons y revenir ; un tableau de Guérin nous ramène naturellement vers cet objet : l'Aurore éprise de Céphale l'enlève, pendant son sommeil, à sa jeune épouse.

Air : Une fille est un oiseau.

De Zéphire et de l'Amour
La jeune aurore escortée,
Verse à grands flots la rosée
Annonçant les feux du jour ;
Mais, las dans le cœur d'Aurore,
Un feu plus brûlant encore,
En un instant la dévore
Pour Céphale tendre amant ;
Et cet époux à sa belle,
Surpris, devient infidèle
En jurant d'être constant.

CASSANDRE.

Certes, les déesses de l'antiquité n'étaient point prudes ; enlever un jeune barbon à son épouse, c'est un fait abominable.

GILLES.

Il est vrai ; mais cette conduite

que vous blâmez, eh bien, ce sont
les mœurs du siècle ; le seul mérite
que l'on ait, c'est de se cacher.

N°. 254.

Autre sujet, et dans un genre
également agréable.

Air : Ce mouchoir, belle Raymonde.

Deux chasseurs remplis de grace
Du chiffre de deux amans,
Sur l'arbre suivent la trace
Et parlent de leurs sermens :
Bientôt le tems les efface,
Adieu plaisirs

CASSANDRE.

Et tourmens
C'est l'histoire des amans.

N°. 339.

Air: Du pas redoublé.

Là, Ratisbonne du Héros
Transporte la vaillance ;
Il est blessé, mais le repos
Est pour lui la souffrance.

AUTRE.

Marchons, dit-il sans balancer,
Volons à la victoire,
L'instant qu'on met à me panser
Est perdu pour la gloire.

N°. 672.

Plus loin, Charles-Quint met dans
son parti la duchesse d'Etampes,
qui conseillait au roi, son amant,
de le retenir prisonnier.

Air : Du ballet des Pierrots.

Charles, en politique adroit,
Flatte le goût de la duchesse,
Et pour gagner l'esprit du roi
Touche le cœur de sa maîtresse.
Telle autrefois pour un trésor
Danaé partagea sa couche :
Près d'une belle on sait que l'or
Du cœur est la pierre de touche.

No. 696.

D'un autre côté, je vois une
épisode intéressante, déjà connue,
et que l'on avait sans doute gravée
d'après l'esquisse.

Air : Je ne veux point vous les donner.

L'Amour a perdu son carquois,
Vénus tient ses fatales armes ;
L'enfant dépouillé de ses droits
Unit la prière et les larmes.

Vénus en vain voudrait garder
Le bien qu'elle a dans sa puissance;
Elle est mère, elle va céder,
Son fils en tirera vengeance.

GILLES.

N°. 302.

Le Tasse fournit aussi des sujets
à nos peintres.

CASSANDRE.

Il ne leur manque que d'être bien
traités.

GILLES.

Il serait difficile que les artistes
s'élevassent à la hauteur du poëte.

Air : J'ai passé sans me regarder.

Renaud sur les traces d'Armide
Accourt pour calmer sa douleur;

Le héros a , d'un trait perfide ,
Mortellement blessé son cœur ;
La belle inquiète , l'écoute
Et dans ce muet entretien ,
Renaud , pour l'appaiser sans doute ,
Semble parler , et ne dit rien.

Quittons cette production , elle appartient à l'auteur.

CASSANDRE.

Qu'on la lui laissse.

Le salon d'Apollon offre divers attraits à la curiosité publique ; des gravures , des portraits en grand , des miniatures.

GILLES.

Ne vous extasiez pas d'avance.
Les gravures ne sont que les faibles

copies de compositions déjà con-
nues. Les portraits en grand sont
bien peints, il y manque seulement
quelque chose.

CASSANDRE.

La ressemblance,

GILLES,

Précisément, Pour les miniatures,

Air : La comédie est un mir. ir.

Des actrices les yeux baissés
Veulent nous jouer l'innocence ;
Des auteurs hornis et sifflés
Vous prennent un air d'importance,
Et quand chacun prétend sans fard
Faire présenter sa figure,
Le peintre montre dans son art
Du talent, en miniature,

CASSANDRE.

Et comment voulez-vous que le peintre agisse ; il reçoit la visite d'une coquette surannée qui se figure que ses traits sont encore agréables, malgré les rides qui la défigurent ; que sa peau fanée ne manque point de fraîcheur ; que ses yeux languissans ont une vivacité piquante ; elle en est persuadée, on le lui a dit la veille dans un cercle nombreux, et tout le monde s'est empressé d'applaudir aux complimens intéressés d'un jeune homme ruiné la veille dans une Académie.

GILLES.

Croyez-vous que le peintre ne

soit point charmé de ce ridicule? qu'il ne l'entretienne lui - même avec plaisir. Il est plus aisé de ré- parer l'injustice de la nature ou les ravages du tems, que de présenter une ressemblance frappante.

Air : L'hymen est une loterie.

Oui tout jeune ébaucheur doit craindre
Que ses essais soient mal frappés ,
Car parmi ceux qui se font peindre
Il en est de bien attrapés.

CASSANDRE.

Il existe une marche sure
Qni dans les arts doit nous guider ;
L'auteur doit peindre la nature,
Le peintre doit la déguiser.

GILLES:

En fait de portraits, la consé- quence est juste.

CASSANDRE.

Examinons cependant ces miniatures.

GILLES.

En voici qui présentent un coloris plein de charmes, un dessin
facile, des expressions heureuses
et naturelles. Cette partie de la
peinture est une de celles que nos
peintres ont portée au plus haut
degré de perfection. Je reconnais
Emilie Leverd.

CASSANDRE.

Et l'aimable Alexandrine, la
voici dans le second acte de son
triomphe.

GILLES.

N°. 738.

Air : Trahit l'incognito.

De Cendrillon ou servante ou princesse
Je reconnais l'air de douceur,
C'est cette grace enchanteresse,
Ce sentiment plein de candeur ;
Quand je la vois avec aisance atteindre
Chaque nuance de talent,
A mon avis, il faudrait pour la peindre
Faire un tableau parlant.

CASSANDRE.

Il l'est en effet ; et Baptiste ca-
det, n'est-ce pas son air, Gilles ?

GILLES.

Oui, je reconnais de la vérité,
de la ressemblance même, je re-

viens sur mon premier jugement,
Quelques miniatures de Saint, d'Isabey, font également un grand
plaisir.

Cependant il est tems de quitter
le Salon; messieurs de la critique,
allez vous divertir ailleurs ou faire
rire à vos dépens, car vous n'avez
point seuls le privilége de plaisanter, et si vous exercez votre humeur
caustique sur des copies, vous pouvez offrir en revanche de bons originaux. Sortez, les inspecteurs
donnent le signal.

Air : C'est un admirable jardin.

Déja quatre heures vont sonner,
Tout le monde en paix se retire,
Les uns fatigués d'admirer

Et les autres las de médire.
Chacun a son opinion,
Par l'ennui ce plaisir s'achette ;
Puis après l'exposition
L'amateur songe à la retraite.

AU LECTEUR

Cassandre, dans cette séance,
Avec Gilles, un peu moqueur,
Ont critiqué sans conséquence :
Semblables à tout autre auteur,
Ils jugérent avec rigueur,
Et reclament votre indulgence.

FIN

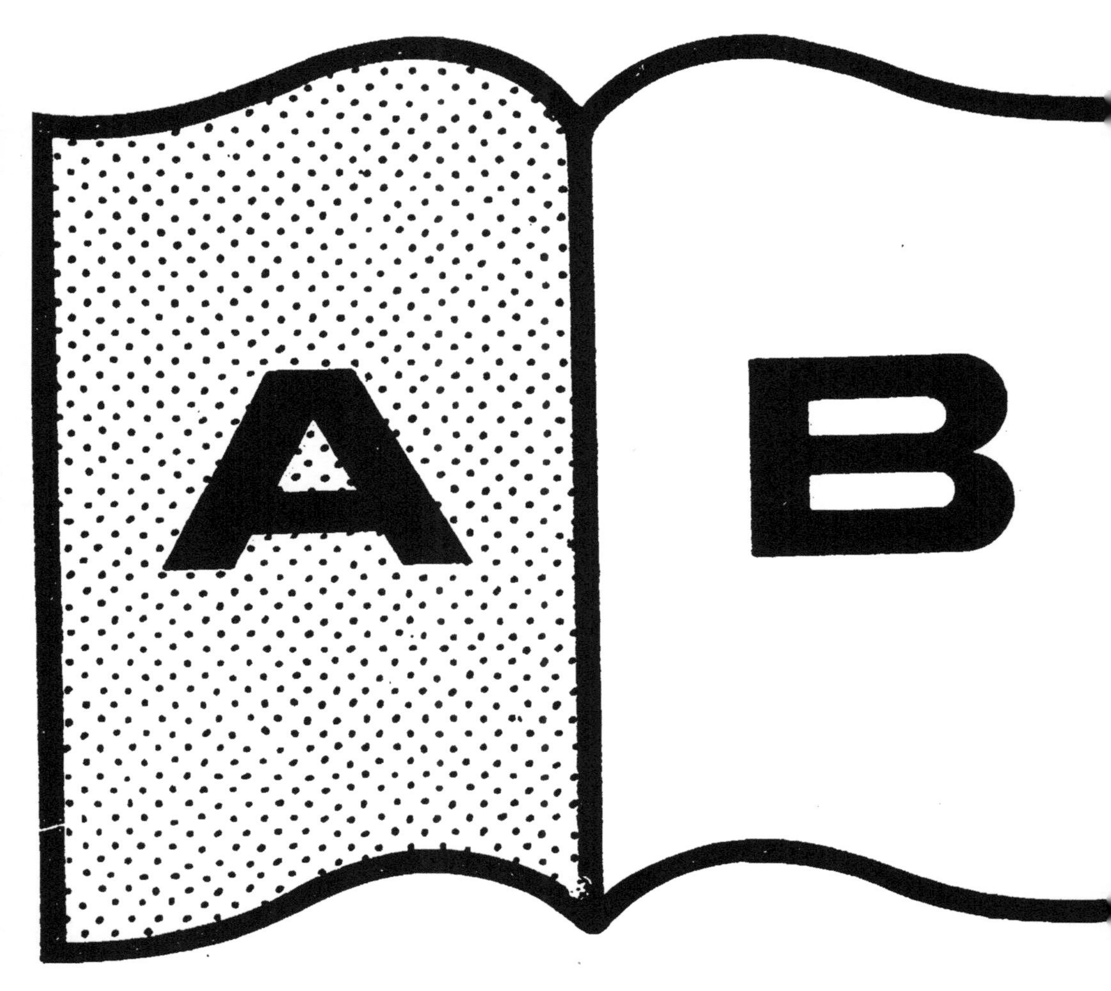

Contraste insuffisant

NF Z 43-120-14